KB024013

아침달 시집

나이트 사커

김선오

시인의 말

봄의 화단에서 원반을 던졌다.
달려가던 개가 멈춰 서 나를 돌아보더니
원반에 대해 묻기 시작했다.

2020년 10월
김선오

차례

1부

2부

3부

부록

1부

%

어떤 글자를 내 필체로 옮겼다. 교실에 있던 사람들이 몰려들어 구경했다. 나는 펜을 놓고 잠들었다.

어떤 글자는 내 필체 속에서 몸을 뒤척였다. 나는 글자를 손으로 누르고 지문에 묻은 잉크를 문질러 지웠다.

어떤 글자가 있다는 소문을 듣고 공원을 헤맸다. 글자의 이름을 부르며 덤불을 헤집고 동상을 살피고 사람들의 다리를 꺾었다. 팔로 걷느라 오늘은 아무것도 못 썼다.

비와 고기

고기는 우산을 들고 걷는다

비가 오면 거리가 젖는다

그는 창가에 앉아 젖어가는 거리와 걸어가는 고기를 바라보고 있다 고기가 흘린 핏물이 하수구로 줄줄 빨려 들어간다

어제는 천둥이 쳤고 그제는 번개가 쳤다

고기는 발을 끌며 걷는다 고기는 빗물에 조금 녹고 있다 고기에게는 부양해야 할 식구들이 있다

오늘은 고기의 식구 중 한 명의 생일이다

고기는 고기의 몫을 하려고 한 손에는 케이크를 다른 손에는 우산을 들고

그는 차를 마신다 느리게 걷는 고기를

케이크 상자에 매달린 작은 폭죽이 들썩이는 모습을 바라보면서

사랑 없음 입장하세요

정신을 차려보니 나는 책상 앞에 앉아
네가 쓰던 시나리오를 이어 쓰고 있었다

여기 오기 전까지 뭘 했더라

나는 흰 방에 갇혀 있기로 한 모양이야
미간을 찌푸린 채 연필을 쥐고

눈을 가늘게 뜨면, 흰 방의 완벽을 위해
창밖에도 눈보라가 몰아치고 있다

영화는 하나의 사랑이 어떻게 다른 사랑을 죽음에 이르게 하는지에 대한 내용이었고 코메르시우 광장에서 벌어지는 여름의 축제를 배경 삼고 있었으며 자전적 요소가 많았으나 그것을 전면적으로 드러내는 일은 촌스럽다고 여기는 것 같았다

그런가, 나는 연필 끝으로 관자놀이를 긁고

문장을 마무리하기 위해 종이를 들여다보았다

그러니까 축제가 끝나고 비둘기만 남은 광장에서, 지는 해를 등진 사람들의 그림자를 우리가 바라보면서, 문득 들어간 아랍

풍 카페에서, 누군가 다가와 당신들의 이야기를 제가 적어도 되겠습니까 물어본 이야기

백발의 노인인지 민머리 젊은이인지 그것은 알 수 없지만

우리가 앉은 곳이 원형 테이블 앞인지 바닥 위인지 그것 역시 알 수 없지만

그럼에도 불구하고, 멋쩍게 웃으며 적을 만한 이야기는 없을 거라고, 아무래도 자리를 비켜주시면 좋겠다고 공손히 말했고

그곳에서
시나리오는 멈춰 있었다

여기부터 쓰면 되는 건가

그러나 나는 모르는 나라에 문득 떨어진 이야기, 보드게임 같은 이야기, 불청객을 죽이고 그를 구워 먹는 일이 안심 스테이크를 먹는 일보다 낫다고 말하는 사람의 이야기, 유령의 불면증 이야기, 불타버린 광장의 전생에 대한 이야기

그런 것들을 쓰고 싶었어

하나의 사랑이 다른 사랑을 구워먹지 않고, 다른 사랑은 한 사랑의 없음을 설파하고, 우리가 하는 말이 검은 글자가 되고, 그런 거 말고

사랑이 자꾸 원시적이 되는 그런 거
아랍풍 카페 말고 축제 말고

다음 대사를 적어야 하는데

나는 내가 쓰고 싶은 것들을 생각하느라 너의 글을 모조리 잊어버리고 말았다

처음부터 다시 읽는다면
완전히 다른 내용일 거야

눈밭 위에
셀 수 없이 많은 책상이 놓여 있듯이

첫 페이지로 돌아가자
영화는 어느 불 꺼진 방의 문 밖에서 시작되고 있었다

잿더미가 된 세상
새카맣게 탄 야자수가 툭 부러지는 장면

아직 없는 우리

러브 미 텐더

누군가 나의 어깨를 잡는다.

한쪽 이어폰을 빼며 돌아본다. 뒤에는 아무도 없고 눈이 펄펄 내리고 있다.

다시 걸어야지 앞을 보면 이곳은 여름이다. 무성한 녹음 사이로 매미 울음소리 들린다.

잡혔던 어깨 위에 눈이 쌓인다. 뒤를 돌면 매미 소리가 멈춘다. 눈밭이 지평선을 이루고 있다.

앞을 보면 멀리 분수대가 있고 아이들의 그림자가 정신없이 겹치고

다시 뒤를 돌면 온 세상이 희다. 눈을 가늘게 뜬다. 찬바람이 얼굴을 긁고 두 발이 젖고

후두둑 떨어지는 소리에 앞을 보면 이곳에도 장마가 시작됐구나, 정신없이 겹치는 빗줄기와 하수구로 빨려 들어가는 몇 개의 손

침엽수를 흔들며

떨어지는 매미 시체를 맞고 있는 창백한 아이

저기요

러브 미 텐더, 러브 미 스윗, 한쪽 귀에서 노랫소리 멈추지 않고

저기요

저기요

저기요

저기요

저기요

저기요

저기요

저기요

다른 쪽 이어폰을 귀에 끼우려다
눈을 감고 뒤로 넘어진다.

뼈와 종이

바다 위에 떨어진 도화지를 보았다. 너는 얼굴에 흰 점이 생겼다며 나를 불렀다.

너의 미간에서 새하얀 원이 서서히 돋아나고 있었다.

점을 보고 나서야 네 표정을 볼 수 있었다.

표정이 흔들리면 원이 함께 일렁거렸다. 곧 겨울이구나.

걷는 동안 해변은 경직되고 있었다.

파도가 흰 뼈를 드러내며 도화지를 운반한다.

네가 먼 바다를 가리킨다.

도화지가 서서히 어두워지는 것을 너는 아직 모르는 것 같다.

느닷없이 바다로 뛰어드는 사람의 몸통이 펄럭이는 것을 본다.

수평선에 임박해가는 도화지를 바라보며 서 있다.

풍덩 소리에 뒤를 돌면 텅 빈 너의 미간이 나를 보고 있다.

피렌체

우는 조각을 보았다

많은 조각상 사이로
더 많은 사람들이 걸어 다녔다

주변을 살피고
손을 뻗었다

상아색 흉상의 눈 밑으로 무언가 흐르고

조각을 만지면 조각 안으로
들어갈 수 있을 것 같다

나의 볼에 손등을 가져다 댄다
조각보다 내가 더 부드럽다는 사실을
믿을 수 없다

눈물이 하염없이 떨어지는 동안
인간의 발소리가 공명하고 있다

조각의 내부를 상상하면
나는 조각 안에 웅크리고 있다

사람 모양의 어둠 속에서

깜박
눈을 감았다 뜬다

불투명하고, 파손의 위험이 있는

조각의 가슴 속
벽은 쉽게 만져진다

차갑고 먼지가 묻어나고

손바닥을 문지르면
묻었던 것들이 빛처럼 흩어지기도 하는

희미하게

두 발이 전시장에 남아 있다는
비명이 들린다

한 무리의 관객이 달려오는 소리가

독주회

손목을 보고 나서 시계를 두고 왔다는 사실을 안다

거대한 홀의 입구

일행을 기다리는 동안
정장 차림의 사람들이 나를 지나친다

등 뒤에는 지하로 이어진 공연장이 준비되어 있을 것이다 무대를 내려다볼 수 있도록 층마다 좌석이 들어차 있을 것이고

비슷한 모습의 관객들이 무대를 향해 앉아 있을 것이다

문을 열면

한 방향으로 늘어선 검은 머리들을 지나쳐야 한다

입구 안에는 둥글고 깊은 어둠이 가득하겠지 사람들은 나를 지나쳐 그곳으로 간다

가장 낮은 곳에
한 대의 피아노가 빛나고 있는 곳으로

그가 오지 않는 동안에도 지하에는 모든 것이 갖추어져 있다

연주자가 양손을 들어 올린다
건반이 잠시 얼어붙는다

나는 두리번거린다 팔짱을 끼고 발을 까딱거리며

문이 닫히기 시작한다

시네 키드

두 개의 스크린이 있는 상영관이었다 하나에는 과거가 다른 하나에는 미래가 방영된다는 안내가 있었고

나에게 왼손과 오른손이 있다 왼쪽 눈과 오른쪽 눈을 번갈아 감으면 충만한 절망과 깊은 기쁨을 누릴 수 있다는 소문이 있었고

상영관은 소문을 믿는 사람들로 문전성시를 이루었다

하나에는 빛이, 하나에는 한없는 어둠이 펼쳐지는 스크린이 평행을 이루고 있었다 어느 쪽이 과거이며 미래인지 알려줄 수 없다는 목소리가 울려 퍼질 때, 사람들은 서서히 자리를 뜨기 시작했다

영상은 쉬지 않고 재생되는데, 너무 밝거나 어두워서 짐작만 할 뿐이었다

왼손으로 오른쪽 스크린을 가리면 눈이 멀었다 오른손으로 왼쪽 스크린을 가리면 머리가 하얗게 세었고

온 나라의 말로 된 대사와 단 하나의 서사

서서히 그것을 들을 수 있게 될 거라는 믿음이 왼 손바닥 위

로 피어날 때

오른손에 죽은 쥐가 들려 있었다

감은 눈 속으로 빛이 스미고 있었다

첫

오랜 시간 나는 창가에 앉아 있었다.

수십 년만의 폭설로 열차 운행이 중단되었던 날, 선로 위에 서 있던 너를 처음 보았다.
내가 기다리던 것이 기차가 아니었다는 사실을 깨달았을 때
내리던 눈이 그 자리에서 멈추었다.

너는 서서히 열어지고 있었다. 나는 집 밖으로 뛰쳐나갔다. 잠옷 바지를 입은 다리가 눈 속에 푹푹 빠졌다.

너를 껴안았다. 몸이 몹시 뜨거웠다.
내가 사랑했던 모든 얼굴이 너의 얼굴 안에 겹쳐 있었다.

다시 눈이 내리고 너의 윤곽이 점점 흐려졌다.
밀려오는 기억에 내가 짓눌릴수록 그랬다.

너를 들쳐 안고 집으로 왔다.
침대에 누워 있는 동안에도 너의 얼굴은 끊임없이 요동쳤다.
흰 그림자가 몸 안을 드나들고 있었다.

녹은 눈이 검게 고이고 길고양이들이 그것을 밟아 집 근처가 온통 발자국으로 어지러웠던 봄.

역사에 불이 나 허공에 빼곡하게 흩날리는 재를 맞고 돌아오면 방 한구석에 검은 웅덩이가 생겨 있던 여름.

일으키자마자 너는 쓰러지고 나무에 단 한 개의 열매도 열리지 않았던 가을.

너를 집 안에 들여놓은 덕분에 많은 것을 잊었어.

기억이 번지면 네가 선명해지는 것이 얼마나 좋았는지 모른다.

네게서 떨어져 나온 얼굴들을 베란다에 줄줄이 널어놓기도 했다.

모두 표피였지만 움직일 수 있었다.

나흘쯤 햇볕에 말리면 눈을 감은 채 평온해지곤 했다.

이것들을 어떻게 하지?

너는 등을 돌리고 모로 누웠다.

내 얼굴 위에 써보기도 했지만 조금 물렁거렸다.

며칠 뒤 얼굴들이 어디에 있냐고 네가 물었을 때

조립되고 해체되고 그렇게 부지를 옮겨 다니는 놀이공원에 대해 들어보았는지 되물었다.

예쁜 궁전에서 하나씩 뽑혀나가는 목마들을 본 적 있어.

바닥에 놓인 바이킹 배를.

트럭에 실린 롤러코스터를. 정갈하게 엎어놓은 거대한 머그잔을.

놀이공원은 집 앞 공터에 일 년 정도 머물렀다가, 밤이면 폭죽과 네온사인에 둘러싸였다가, 이곳 사람들이 한 번씩 다녀간 뒤 해체되었다.

어느 공터에서 다시 놀이공원이 되었는지 알 수 없었다.

그 얼굴들을 나는 기억했지만 다시 조립하지 않았다고.

하지만 즐겁고 신났었다고 말했다.

밤에는 깜빡이는 가로등이 몇 개의 얼굴들을 비추기도 했는데
그때마다 내 방에서 뒤척이는 소리가 났다.

얼굴들을 들고 문을 열면 겨울이었다.

네 볼에 떨어진 눈은 금세 녹았다. 너는 걷기도 하는 사람이구나.

하얀 귀를 가진 사람이구나.

그때 수많은 얼굴들로 요동쳤던 거 기억나? 나는 너를 안 기다렸는데 달려와 안았던 거 눈이 언제 다시 내리기 시작했는지 기억나? 열차가 몇 시간 동안 중단되었는지 우리가 얼마나 오래 안은 채로 선로 위에 서 있었는지 그때 달려오던 너의 잠옷 바지가 왜 그렇게 못생겼었는지 달리다 두 번쯤 넘어졌는지 왜 내 얼굴 위에 가득했는지 철거됐는지

너는 인상을 쓰고 화를 낸다.

선로 위에 쿵쿵 발을 구르며

나는 웃고
한 개의 얼굴로 기쁘고

야간비행

나는 저 인공의 빛들이 너무 아름다워

비행기 창가에 앉은 네가 말했다

새벽의 비행은 적요하고 모두 잠들어 있어

우리 어디로 가는 걸까

이 여행을 왜 시작했을까

물어도 너는 여전히

창밖을 내려다보고 있다

이제 곧 차오르는 햇빛이 이 모든

인공의 빛들을 지울 거야

너는 창밖의 땅에서 눈을 떼지 않고

출렁이는 비행기가 우리의 무게를 견디고 있다

별은 우리를 지우지 않는구나

햇빛처럼, 다른 빛을 지우지 않고도 빛으로 남아 있구나

밤하늘은 너와 나의 발밑에 가득 차 있고

이제 곧 동이 틀 거래

옆얼굴이 빛으로 붉게 물들어도

잊지 않을게

지상에 두고 왔다고 생각할게

너는 이미 빛이어서

동이 트면 사라지는 거지?

해에게 졌지?

그래도 괜찮다고 말해줄게

승객들의 숨소리가 희미해질 때

왜 나는 네가 희미해진 것처럼 멈춰 있을까

목적지가 더 멀면 좋겠다고 생각했을까

충분히 긴 밤이었는데

아침이 오지 않길 기도했을까

우리는 폐역의 밖에서

네가 나오는 악몽은 처음이다 경적이 울리면 깨어날 거야 너는 쉽게 놀라는 사람이니까 이런 말을 하는 너도 처음이다 좋은 꿈에서 널 만난 적 있다 우리 사랑하는 사이였는데 왜 지금 우리 사이에 모르는 노파가 앉아 있는 걸까 예감하는 것처럼 얼굴을 가리고 질문은 폐역의 바깥으로 흩어지고 우리는 선로에 앉아 시계를 보고 있다 검고 깊어지는 손을 내려다보고 있다 이러한 두려움이라면 꿈에서밖에 느낄 수 없을 거야 깨어서는 알 수 없는 두려움이야 그렇다면, 정말 그런 거라면, 우리는 되뇌며 서로를 보고 우리 사이에 아무도 없는 것처럼 눈을 맞추고 이것이 꿈이라는 사실을 잊기도 하며 그렇게 한참을 앉아 있었다 속력 없는 바람이 부는데 점차 어두워지는 하늘에서 비가 내리지 않는다 경적이 울려도 가지 말라는 말이 오가지 않는다 땅에 귀를 대면 놓친 열차가 돌아오는 소리 이 차를 타고 밖으로 가자…… 너를 끌었는데 잠든 노파가 끌려오고 있었다

디졸브

비의 가운데 비의 바깥이 있다 낮에 맞은 비가 우리를 가로등 밑으로 데려왔구나 우리는 저 비와 저 빛처럼, 몸을 맞대도 섞이지 않을 거야 우리의 바깥에 대고 나는 말하고 어둡다 이곳에서도 보인다 내리는 빗속에 서 있는 네가, 무너진 하늘을 견디는 몸이, 끝없는 얼굴로 번지는 물이 모두 보여 폭우를 몸에 들인 너 비의 바깥을 포기한 너 네가 쏟아지는 동안 네가 고이고 흘러넘친다 모르는 창에 우리의 가로등이 비치고 있다 저 안은 따뜻하겠지 우리가 담길 수 없는 곳이겠지 비가 쏟아지듯 문을 두드려도 열리지 않을 집 앞에 한참을 서 있었다 물은 어둠이구나 뛰어들 수도 없는 어둠이구나 되뇌면 속수무책으로 밝아지는 물 밖의 모든 것 골목에도 지평선이 있었다 비가 그치고 떠오를 것이 남아 있을까 예감 앞에서 너와 마주했다 너무 밝아서 이미 사라진 얼굴 안에서

크로키

얼굴이 그려지고 있다 다르게 그려보자고 턱을 잡으면 눈을 피했다 전에 그려본 적 있는 얼굴인가 그는 갸웃거리고 이런 표정은 해본 적이 없어요 관중 앞에서도, 연인 앞에서도, 눈썹이 비대칭이군요 말하며 그는 붓을 만지고 나는 눈썹을 움츠린다 아주 잠깐의 일이었는데 웃음은 영원할 것처럼 오가는구나 안다 이 만남은 전시될 것이다 이름 붙여질 것이다 얼굴과 내부가 자리를 바꾸고 감정과 색이 등가교환 되고 그것을 아름답다고 말하는 사람들이 생겨날지도 모르고 그럴수록 눈을 피하게 된다 마주하려고 멀어지게 된다 그려짐은 멈추고 그리는 몸짓은 계속되기를 바랐고 바랄수록 형체가 되어가고 있었다 테두리 없이 표정은 넘치고 잊혔으면 했는데 남겨지고 있었다 화실의 벽에 오후의 빛이 덧칠되고 있었다

독

방은 흑백 사진으로 도배되어 있었다

모두 직접 찍은 사진이냐고 물었을 때
너는 그중 한 장을 가리켰고, 나는 그것이 지난여름 내가 찍은 너의 발임을 알 수 있었다

너는 발목이 바깥으로 조금 휘어 있고
발가락 관절에 힘을 주고 땅을 움켜쥐듯 서곤 한다는 사실을
기억하고 있었으므로

그러나 네 방에 가려면 지하철을 두 번 갈아타고 마을버스를 한 번 더 타야 했고 내려서도 높은 계단을 끝없이 올라야 했다

어째서 이 동네는 늘 어두운 것일까, 어째서 흐린 하늘을 향해 걷다보면 흑백으로 된 방에 도착하는 것일까, 어째서 이 길에는 벽화 하나 없을까
어째서 너는 욕실 안에 암실을 마련해놓고 나를 오라고 부르는 것일까

내가 늘 어리둥절한 채 도착했으므로
너는 물 한 잔을 건네주었다

어제 꿈에 너의 사진들이 나왔다고, 흑백 필름으로 찍은 바닷속을 보았다고, 걷잡을 수 없이 사진 속으로 몸이 빨려 들어갔고 정신을 차려보니 흑백으로 된 수족관을 걷고 있었다고, 검은 빛이 뿜어져 나오는 수조에서…… 천천히 눈을 굴리는 열대어들, 다양한 농도로 빛나는 지느러미들을 보았다고, 헤엄이 느리고, 느린 헤엄에 뒤따르는 물살 역시 흑백이었다고, 검은 기포가 톡톡 터지고, 나는 검은 복도를 산책하고 검은 관람객들을 지나치면서 걷다가 문득 내려다 본 나의 발이 하얗게 빛나고 있어서 깜짝 놀라고 말았다고

그런 말들을 허둥지둥 늘어놓았다

손에 쥔 유리컵 표면에 물 한 방울이 흘러내렸다

너는 조용히 문틈을 청테이프로 막고, 마스크를 쓰고, 넘치지 않을 만큼 욕조에 현상액을 담는다

나는 너의 손끝에서 백지에 사람들이 불러와지는 장면, 풍경이 물에 빠지는 장면, 어둠 속에서 서서히 색이 드러나는 장면 같은 것이 극적으로 등장하기를 바랐지만, 그런 일은 일어나지 않았고

높게 쌓인 인화지 앞에 우린 서 있다

있잖아
며칠 전에 잠깐 카메라 뚜껑이 열렸어
필름에 빛이 들어가서 사진이 모두 날아가버렸나 봐

너는 장갑을 벗고 욕실 문을 연다
방은 액자에 갇힌 빛처럼 보인다

바로 닫았는데도 그러네, 말하며

창가의 재떨이에서 가끔 한 점의 재가 흩날린다

아지트

기억도 건축이라고 말하던 여름밤의 너에 대해서. 무너진 건물 속 경쾌한 산책에 대해서. 나를 닦은 수건으로 벽을 닦는 일에 대해서. 톰과 제시카와 숲에 대해서. 락스 물 위로 떨어진 야자수 잎에 대해서. 끊임없이 물 밖으로 솟아나는 머리들에 대해서. 텔레비전 밖으로 범람하는 바다에 대해서. 수평선부터 검게 몰려오는 하늘에 대해서. 아무것도 모르고 하얗게 빛나는 수면에 대해서. 여름이 끝날 때까지 입 주변에 남아 있는 짠맛에 대해서. 냉동실에 얼려둔 생선 머리에 대해서. 작년부터 안 움직이는 엄지손가락에 대해서. 얼어붙은 정전기에 대해서. 찢어진 슬리퍼에 대해서. 해먹에서 떨어진 밤에 대해서. 야자수의 꼭대기부터 야자수의 뿌리까지 떨어지는 동안 수없이 뒤집어지는 몸에 대해서. 다리의 전개, 부드러운 아스팔트, 작은 거미와 선인장 반 토막, 여름에 그리는 여름과 여름에 가두는 여름과 여름에 대해 조용히 하라고 입을 틀어막는 손과 치솟지 않는 머리들 열대야의 정전 영사기 속 달리기 접영과 웅크림과 나무 밑의 가벼운 농약들 공중에서 멈춘 파도와 파도를 깨러 망치를 들고 가는 사람들에 대해서. 완벽한 장마 골짜기와 목발 사람이 널린 절벽 무뎌지는 걸 잊어간다고 느끼는 너와 상해가는 걸 미쳐간다고 믿는 너와 여름을 일단 냉동실에 넣어두었던 기억에 대해서. 냉동실 문을 쾅 닫고 부엌을 뛰쳐나왔던 겨울밤에 대해서.

덫

총과 물감을 안고 돌아갑니다
밖에서 묻은 색으로 범벅입니다

떠났던 곳으로
돌아왔어요, 자꾸 색이 날아와서
머리를 적시고 살에 박히고

그래서 왔습니다

너무 희어서 희다는 말이
없는 집으로

이 집에서 나고 자랐습니다

작은 점이 생겨서 집을 떠났습니다
밖에서는 몸이 자꾸 짙어져서
짙어진 것을 아프다고 말하게 되어

돌아왔습니다
집은 여전히 희고 나는
물감이 장전된 총을 안고

문 앞입니다

계십니까

나는 너무 많은 얼룩과 함께
이곳입니다

색으로 엉망진창입니다
점의 개수를
세보시겠습니까

나를 알아보시겠습니까

흰 문에 대고 말합니다
문은 고요하고

밤이 될 때까지 외쳤습니다
씻을 수 없는 색을 입었습니다

열어주세요

열어주세요

2부

냉동육

벌어진 상처 위에는
두꺼운 고기를 덮어두세요

그런 안내를 받았다

꿈속에서 나는 하나의
거대한 살점이었다
칼이 나의 단면을 훑고 지나가는
기분이 나쁘지 않았다

덜렁거리며
내가 대체 어디에 붙어 있었던 건지
떠올려보려고 했지만
하나의 살점으로 온전해서
간절하지 않았다

눈을 뜨니 옆구리가 조금 찢어져 있고
냉동실에 얼려둔 고기가 있다

벌어진 곳을 손으로 막고
냉장고까지 걸어가는 동안

알았다, 사실
꿈속에서 나는 칼이었고
살의 기쁨을 부러워하고 있었다
잘려나가는 기분은 좋아 보였다

다른 살이 몸에 달라붙는 기분은
죽을 때까지 나를 떠나지 않았다

누구도 다치게 하지 않도록
내가 신문지에 싸여 버려질 때까지

팔을 들어 고기를 꺼낸다
상처가 조금 더 벌어진다

자연사 박물관

살다보면 별 것 없는 도시를 여행하기도 하고
그런 곳에도 박물관은 있다

로비에는 세 종류의 팸플릿
할 줄 아는 외국어가 두어 개 있으면
타지에서도 고요가 잘 없다

고대의 뼈들을 지나친다 나로서는
그것들이 아직도 이렇게 희다는 사실이 잘 믿기지 않는다

수많은 손가락이 공룡의 이곳저곳을 가리키고

울창한 뼈 그림자가
바닥 위에 드리운다

화석은 둥글고 화석으로 건재하고
움직임마다
검게 물들었다 밝아지는 머리들

뼈와 벽 사이를 걷는다

마지막 방을 향해

커튼을 열자 그림이 걸려 있다

갈비뼈 주위가 다 발린 채
접시 위에 놓여 있는 사람

발린 살을 한 덩이 쥐고 있는
거대한 젓가락

턱을 괴고 열심히 보는 관람객 틈에서

가슴 근처를 어루만진다
창밖으로 잔뜩 묶인 풍선이 날아가고

액자는 너무 커서
금테에 나의 전신이 비친다

공룡이 어떤 기준으로 공룡인지
사실은 깃털 덩어리라거나
카멜레온과는 공통점을 찾을 수 없다는

가이드의 설명을 지나친다

박물관에는 정원과 분수가 있고
나는 산책하고

좋은 날씨는 도무지 견딜 수가 없다
방금 뼈를 보고 나온 아이들이 환하게 웃고 있다

쥐 놀이

친척들이 별장에 모였다 우리 중 누군가 죽었다고 했다 누가 죽었냐고 묻자 선웅이 엄마가 죽었다고, 우리 선웅이는 이제 어떡하느냐고, 모두 벽난로 앞에 둘러앉아 탄식했다 선웅이는 등을 돌린 채 혼자 놀고 있다 선웅아 뭐해, 불러도 돌아보지 않는다 선웅이의 작은 등, 보송보송한 목덜미, 친척들은 가리키며 눈물을 훔치고, 그런데 선웅이 엄마가 누구였더라, 고모였던가 숙모였던가, 내가 운전하는 차를 타고 온 나의 엄마는 당신도 오늘 죽을 예정이라 선웅이를 데려갈 수는 없다고 말한다 선웅아, 여기 좀 봐봐, 불러도 선웅이는 돌아보지 않고, 거북이 장난감이 선웅이 주위를 정신없이 돌고 있다 친척 중 한 명이 자리를 박차고 일어나고 다른 한 명은 머리를 쥐어뜯는다 선웅아, 선웅아, 누군가 무릎에 고개를 파묻고 장작이 까맣게 타들어가고 멀리서 부엉이 우는 소리가 들린다 선웅이도 있는데 실내에서는 담배 좀 피우지 마요 누군가 소리 지르고 선웅이는 늘어진 쥐 인형 두 개로 놀고 있다 친척 한 명이 쓰러진다 쿵 하고 바닥에 머리 부딪치는 소리 누군가 쓰러진 친척을 업고 별장 밖으로 달려 나간다 선웅이 왼손에 들린 쥐가 오른손에 들린 쥐를 잡아먹으려던 참이다 엄마는 옥상으로 올라가고 창틀에 부엉이 한 마리가 앉아 있다 우리 쪽을 노려보고 있다 거북이 장난감은 뒤집혀 흰 배를 보이고 선웅이는 작게 노래를 부른다 소파 위에 앉은 자국이 여러 개 남아 있다 선웅아, 불러도 돌아보지 않는다 선웅이는 왼쪽 쥐의 입을 벌려 오른쪽 쥐의 머리를 쑤셔 넣는다

도빌 포스터 상점

주인공이 갈매기를 쏘아 맞히고 한 마리가 피를 흘리며 바다 위로 떨어지는
그 영화 있잖아요

나는 엽총 쏘는 시늉을 하고, 죽은 새처럼 고꾸라지는 연기를 하지만

가게 주인은 고개를 갸웃거린다

영화 때문에 이 나라에 왔어요
종이를 한 장 달라고 한다

그림을 잘 그리는 편은 아니지만 새를 새처럼 총을 총처럼 보이게 할 수는 있다

물결무늬를 하늘에서 땅으로 길게 늘어뜨린다 새가 떨어진다는 표시로서

선의 굵기가 엉망이지만 간절한 표정을 지어 보인다

그는 할리우드 배우 사진이 덕지덕지 붙어 있는 벽 뒤에서 흑백 포스터 두 장을 꺼내온다

나는 고개를 젓는다

새하얀 침대 위에 주인공의 시체가 널브러져 있는 결말

가장 좋아하는 그 장면은 도무지 설명할 수 없고

아는 발음으로 감독의 이름을 수없이 외친다 주인은 어깨를 으쓱거린다

영화 속과 같은 바다가 상점의 창밖으로 출렁거리고

새 한 마리가 빠르게
가게 안으로 날아 들어온다

새는 상점의 온 벽에 몸을 부딪치며 나갈 곳을 찾고 있다

그는 내게 잠시 기다리라고 말한 뒤
빗자루를 들고 걸어간다

녹

2차 대전 중 폭격으로 무너진 도시를 재건하는 데에는 오랜 시간이 걸리지 않았다고 했다. 수백 년 된 고건물들이 허물어진 자리에 조악한 콘크리트 건물들이 지어 올려졌다. 산 사람들은 그곳으로 들어가 마저 살았다. 유치원이 생겨나고 성당이 생겨나고 중국 마트가 생겨나고 미술관이 생겨나고 수족관이 생겨나는 동안 왜 아무도 저 건물들을 칠할 생각을 하지 않은 거야? 즐비한 회백색 외벽을 가리키며 물었는데 이곳에서 태어난 친구들의 얼굴이 이미 창백했다.

항구 도시였고 바닷바람이 멈추지 않는 곳이었다. 건물만 한 배들이 수시로 오갔고 운송비를 아끼기 위해 항구 근처에는 온갖 공장들이 세워졌다. 일주일에 한 번쯤 날이 개었고 하늘은 대체로 회백색이었다. 파도가 높아서 바다에 자주 그늘이 졌다. 어느 날에는 바닷가 언덕에 올라 도시를 내려다보았다. 콘크리트 건물들, 공장들, 갈대밭, 자갈 해변, 어두운 바다가 차례대로 있었다. 건물부터 바다까지 모두 비슷하게 탁했는데 가운데를 이루는 갈대밭이 노른자처럼 빛나고 있었다. 고개를 들었을 때에는 눈에 맺힌 빛이 가시지 않아 회색빛 하늘에 다른 태양처럼 빛나는 갈대밭이 보였다.

이곳에 사는 동안 거의 매일 악몽에 시달렸는데 꿈의 내용이란 대체로 이런 식이다. 해 질 녘의 해변에 거대한 식탁이 놓여 있다. 하나의 의자에 내가 앉아 있다. 무언가 열심히 빨아 먹고 있다. 어느 날은 쭉쭉거리며 빨아 먹던 것이 생쥐라는 사실을 깨닫고 화들짝 놀라 뱉었는데 쥐의 몸은 탁한 흰색이었고 식탁 위에 떨어져 숨을 몰아쉬고 있었다. 내 입가가 회색으로 범벅이었고 손에도 끈적한 잿빛이 묻어 있었다. 어느 날은 커다란 날개를 빨아 먹다가 푸드덕거리는 것이 공작새라는 사실을 깨닫고 뱉어냈는데 나의 얼굴이 오색으로 번들거렸다. 어느 날은 거울을 빨아 먹었는데 다 먹고 나니 입가에 바다가 비쳤다. 사진을 빨아 먹은 날에는 사람 얼굴이 내 얼굴 위로 즐비했고 풍경 사진일 경우에는 푸름에서 붉음으로, 붉음에서 푸름으로 서서히 변해가는 모양이 되었다. 나중에는 지겨워서 뱉지도 않았는데 얼굴이 검은 구체가 되어 있었다.

친구들에게 이 이야기를 꺼내자, 그 자리에 있던 모두가 자신들도 종종 비슷한 꿈을 꾼다며 어깨를 으쓱거렸다. 너, 그 맛 기억나? 누군가 되물었다. 아니, 전혀. 내가 답했고 모두 싱긋 웃으며 사라졌다.

일요일

머리맡에 어릴 때 죽은 개가 엎드려 있다.

찰리, 어쩐 일이야. 나는 일어나 커튼을 걷는다. 막 동이 트던 중이다.

찰리가 품속을 파고든다. 털의 감촉이 낯설다. 하지만 이 개는 찰리가 틀림없어.

찰리, 찰리. 왜 그렇게 웃는 얼굴이야.

나는 94년산 봉고에 치인 찰리를 안고 횡단보도에 한참을 앉아 있었는데.

얘는 찰리예요 하고 집에 데려온 개가 수백 마리였는데.

찰리는 몹시 뜨겁다. 찰리는 부드럽고 살아 있어.

나도 아직 살아 있어, 찰리.

찰리 곁에 누워서, 일요일 아침이야.

우리는 브런치를 먹으러 갈 수도 있어. 신발을 신으면 찰리도 나갈 수 있어.

그 전에 가족들을 보러 가자.

방문을 열면 거실이다. 한 명씩 자기 방에서 눈을 부릅뜨며 걸어 나올 거야.

우리 가족들이 아직 모두 살아 있어, 찰리.

말하면 찰리의 입에 죽은 쥐가 물려 있다.

온 가족이 입에 쥐를 물고 다가온다.

찰리는 내 무릎에 쥐를 놓고 자꾸 베개를 핥고

나는 열 손가락을 찰리의 털 속으로 밀어 넣으며

찰리 고마워 고마워 찰리

향수를 버리려고

향수를 버리려고 해. 영화가 끝났고. 향기가 끝났다. 통이 굴러다니면 허공이 쌓였다. 허공을 뿌리고 몸에 바르고 이제 버리려고 해. 빈 곳의 냄새가 역해서. 몸을 뒤집었는데 비어 있었고. 이제 정말 향수를 버리려고 해. 매 겨울마다 그 겨울이 영원할 것 같아서. 밀도를 낮춰보려고. 한 방울로 한 움큼을 없애보려고. 스크린에 수증기가 맺혀서. 팔을 휘두르면 팔이 열어져서. 증발을 멈춰보려고. 장면을 가둬보려고. 체취 없는 부위는 연소되니까. 재의 냄새를 맡아보려 해. 무게를 마시면 통에 내가 담기고 버려진다. 뼈의 기분대로 쓰인 각본. 웃음이 멎지 않는다. 기체가 조연이었대.

박쥐를 주웠다

박쥐를 주웠다. 골목으로 여름이 지나가고 있었다. 박쥐는 가늘다. 보고 있으면 비가 내릴 것 같다. 검은 해의 파편처럼. 짙은 몸으로 떨고 있구나. 손바닥 위로 검정을 눕히면 손바닥이 끝없이 추락하는 것 같다. 다른 이름을 붙여줄 수 있을 것 같다. 동족이라 우기면 발톱이 희미해질 것 같다. 날개의 감촉을 잊을 수 있을 것 같다. 내 몸의 색을 뭉쳐 너를 먹여도 되니. 박쥐, 박쥐 부르면 날아갈 거니. 쪼그려 앉아 박쥐를 주웠다. 눈앞에 한 마리의 박쥐. 등 뒤로 즐비한 박쥐. 내게 매달리는 박쥐를 주웠다고 말해도 될까. 팔목의 상처를 자랑해도 될까. 그러면 터널이 불타오를까. 밤이 멀었는데 박쥐를 안아도 돼요? 그림자가 찢어진다.

출구는 이쪽입니다

그림 앞에서는 오래 서 있지 못했다 옆에 선 너를 재촉했다 넘어가자 넘어가자

정물화의 뒷면은 정물입니다 몇 걸음을 걸으면 다른 풍경 앞에 설 수 있었다 다음 그림으로 가자 또 다음 그림으로 액자 말고 문이 튀어나올 때까지 사람이 튀어나올 때까지

오른쪽으로 걸으면
오른쪽이 계속되는 전시가

뒤돌아선 너의 어깨를 돌려 세우면 얼굴이 있어야 할 자리에 뒤통수가 있고 뒤통수가 연쇄되고 뒤통수는 벌어지고 벌어진 뒤통수 안에 고여 있는 숲

나는 너를 산책 시키는 중이었어, 방향이 너를 해치지 않게 하는 중이었어

하지만 우리는 군중 속에서 공간의 일부가 되어가고 있었다

얼굴을 보지 않고
함께 걷는 일이 가능하다면

너의 오른쪽을 보며 왼쪽도 똑같이 생겼을 거라고 믿었다

다음 그림의 앞으로 걸어가면서
너를 나의 왼쪽에 남겨둘 수 있었지만

너는 너의 뒤통수 안으로 들어오라고 했다
그곳은 아주 아름답다고

텅 빈 벽 앞에서 눈을 감았다
나의 바깥이 나를 넘나들었다

나이트 사커

축구를 멈출 수 없었다 맨발로 공을 찼다 골대가 수수깡처럼 부러졌다 가로등에 흰 양말이 걸려 있었다

운동장으로 끊임없이 공책이 날아왔다 끊임없이 발목이 꺾였다
창문에서 붕대가 쏟아져 내렸다

너를 넘어뜨리고

공을 높게 찼다 공 맞은 가로등에 불이 꺼졌다 고개를 꺾고 하늘을 보고
공이 떨어지기를 기다렸지만 발등 위로 새가 떨어졌다

톡톡 새를 찼다 얼룩무늬 새는 나의 발동작대로 힘없이 날아올랐다가 다시 발등에 머무르기를 반복했다 공은 어딨니 공을 데려와 새는 미간을 찌푸리고 있었다 아프니 눈 좀 떠봐

공책이 날아오고 온몸에 붕대를 감은 네가 달려오고 육각형이 굴러오고 잔디가 들썩이고

발등에서 툭
굴러떨어지는 새

이 정도 부상이면 충분한 것 같다
우리 그만하자

어느새 터진 공 속에 새를 넣고, 어디에 묻지, 두리번거리면 등 뒤에서 여기라고, 이쪽으로 패스하라고

드라이플라워

우리 움직임으로 시작해볼까 움직임으로 사랑해볼까 움직임으로 팔레트를 깰까 색을 부술까 움직임으로 동요하지 말까 움직임으로 착각할까 움직임으로 춤을 멈춰볼까 움직임으로 물기를 빼앗을까 움직임으로 얼음 근처를 걸을까 움직임으로 흘러내려볼까 움직임으로 나아갈까 아니면 몰려들까 움직임으로 멈춘 것들의 곁에 앉을까 움직임으로 알몸이 될까 움직임으로 말을 잃을까 같이 쓸모없어질까 움직임으로 표기되지 말까 어쩌면 위치를 잃을까 움직임으로 늙을까 움직임으로 두려워질까 움직임으로 너를 정물이라고 부를까 움직임으로 장식인 척 해볼까 그럴 수 있다면 움직임으로 움직이는 장면을 가려볼까 움직임으로 흩날리는 백발이 될까 움직임으로 몸부림칠까 움직임으로 숨을 참을까 움직임으로 떨리는 몸을 지나쳐볼까 움직임으로 깊게 웅크릴까 서 있을까 두 번 다시 움직임으로

낫 마이 폴트

검은 페이지 위에 검은 펜으로 방명록을 썼다. 우리는 노는 중이다. 함께 그림자가 되는 놀이. 해 질 때까지 안 일어나는 사람이 이기는 게임이야. 밝은 곳에 어둠을 터뜨리는 폭죽이 있다. 비명이 빠르게 환호가 되는 동안 종이 안에는 종이 밖으로 나오려고 기를 쓰는 군중이 있다. 나는 그것을 차원이라 부르고 너는 그것을 최선이라 부른다. 감정이 없어서 화환은 없어. 물음이 없어서 슬픔도 없다. 고양이가 굶으면 골목이 멸종한다. 막다른 곳에 집이 있는데 집 안에 네가 없다. 너를 찾다 계절이 지나갔는데 기억 속에 밤이 없다. 어둠 밖에 물기가 없다. 증거는 없지만 장난이었어. 다 장난이었는데 비가 내린다. 멀리서 네 이름이 불리고 있다. 이름은 있는데 밥이 없다. 다리가 하나의 입을 대신해서 아프다.

2월생

겨울이 공사장에서 시작되었다. 먼지를 따라 걸었고 집이 나오지 않았다. 바람은 뒤에서 불었다. 콘크리트가 철근을 지탱하고 있어. 쇠붙이가 녹으며 말을 했다. 겨울은 지어지지 않은 건물의 밑바닥을 서성이고 있구나. 층수를 헤아리자 몸이 자랐다. 몸에 쌓인 계단마다 낯선 사람이 앉아 있었다. 악수를 건네고 싶었는데 다들 몸 안이었다. 걸을 때마다 무거웠고 덕분에 부는 바람을 견딜 만했다. 덕분에 눈이 왔고 혼란해서 먼지를 따라가야 하는지 길을 따라가야 하는지 알 수 없었다. 먼지를 따라가는 척하며 길을 따라가면 사람들은 떠나지 않았고 집이 나오지 않았다. 공사장이었다.

코인 세탁소

통을 떨어뜨렸다. 타일 바닥에 섬유 유연제가 흐른다.

세탁기 안으로 텅텅 소리가 빨려 들어간다.

오랫동안 먹색 이불을 덮고 잤다. 비가 오면 그 속에서 몸이 젖었다.

탁하고 끈적이고 좋은 향이 나는. 비와 반대되는 것.

타일 사이로 흐른다. 주저앉아 문지르면 지문에 보풀이 인다.

이불이 눈부셔지길 기대했는데.

이곳은 아침에 문을 연다. 장마는 자주 아침을 닫았다.

이불을 머리까지 끌어 올리면 손이 탁해졌다.

섬유 유연제는 타일 사이에 머문다. 배수구까지 도달하지 못한다.

여기까지 오느라 몸이 눅눅해졌다.

이불과 나란히 타일 위에 눕는다.

등에 묻은 섬유 유연제가 말라가는 소리를 듣는다.

3부

내 얼굴에 네가 빠지고

얼굴에서 너를 건지고
온몸에 얼굴을 묻히고 너는 오고
내 곁으로 오고
얼굴이 회전하고
눈으로 원을 이루고
입술로 원을 이루고
몸만큼 얼굴이 비어 있고
빈 곳이 차오르지 않고
네 곁을 맴돌고
나는 원을 이루고
나는 원을 이루고

내 얼굴에 네가 빠지고
얼굴 속으로 가라앉고
수심이 깊은 얼굴 속으로
빛이 닿지 않고
등이 닿지 않고
바닥이 맴돌고
어둠이 원을 이루고
물결이 원을 이루고
바닥에 닻을 내리고
우리 사이에

손바닥만 한 어항에 물이 거의 없고
얼굴이 바닥나고
네가 푸드덕거리고

기립

폐차의 순간을 거꾸로 돌려본다
납작했던 차체가 빠르게 피어나는 꽃처럼
부풀어 오르는 영상을
수없이 재생하면서
내 뺨에 빨대가 꽂힌다
누군가 훅 숨을 불어넣자
일그러진 얼굴이
터질 듯이 부풀어 오르고
두개골이 가늘어지고

어느 날 차 한 대가
나의 개를 들이받았다
94년산 봉고였고 나의 개가 너무 강해서
그 차는 죽었다
나는 그 뒤로 죽은 차에게
빨대를 꽂고 숨을 불어넣는 일을
하며 살고 있다
차를 살릴 때는
얼굴을 잔뜩 구겨야 한다
숨이 차기 때문이다
살아났구나
차들이 짖으며 돌아다닌다

잠과 맥박

머리맡에 눈밭이 펼쳐진다

한 무리의 양 떼가
머릿속과 머리맡을 넘나든다

나는 눈밭에 누워
양 떼에게 소리를 지르고
발버둥을 쳤는데

온몸이 눈 속에 파묻혀 있어
양 한 마리 검은 눈을 끔뻑거린다

양은 아름다운 속눈썹을 가졌어요

입 안이 양털로 가득 차서
아무 말도 할 수 없어요

양에게 둘러싸이는 바람에
나는 갑자기 백발이 되고

얼어붙은 관자놀이 속에서
양들이 느리게 뛰어다닌다

미디엄 레어

잠깐, 멈춰 봐

말하면 허공에서 정지한
손이 하나
둘

손들은 조금 전까지
내 몸에 박힌 수십 개의 이빨을
빼내려고 애쓰던 중이었다

이 많은 이빨이 다 어디에서 날아왔을까

내가 누워 있는 동안 나타난
두 개의 손이
허공을 몇 번 쥐었다 펴고

이빨들을 뽑기 시작했다

송곳니를 둘
어금니를 셋

살점이 묻은

이빨은 더 이빨처럼 보여요

발등에 박힌 것을 빼낼 때에는
거의 비명을 지를 뻔 했지만

잘 참았다

두 개의 손은 뽑은 이빨을 모두
내 입 속에 보관했다

나는 몇 개의 이빨을 물고
몇 개의 이를 달고
몇 개의 이빨이 박힌 채

누워 있었다
작열하는 태양 아래에

내장 익는 냄새가
나는 것 같아 말한 것이다

잠깐
멈춰 보라고

나는 사탕처럼 이빨을 굴리면서
나의 이와 이빨이 부딪치는
그런 입 속을 만들면서

일어난다
두 개의 손을 뒤로 하고

입 안에서 은 식기 부딪치는 소리가 난다

왈츠

엑스레이 촬영이 필요합니다. 의사가 내게 말하고, 정형외과 앞에 꽃이 만개하고, 꽃을 따 먹는 고기가 있다. 고기는 허기지고, 꽃은 어둡고, 여기가 지난주부터 아파요. 뼈는 간파되고, 살은 관통당하고, 왼쪽 어깨에 가득한 멍. 이곳을 누르면 어때요, 고기는 허겁지겁 꽃을 욱여넣는다. 길어지는 고기의 그림자, 검붉은 잇몸, 꽃은 꽃잎에 힘을 주고, 아파요, 그만하세요. 진찰과 식사 사이에 놓인 하나의 담, 작고 더러운 창, 병명을 적는 펜과 해 질 녘. 처방전은 밖에서 받으시면 됩니다. 어깨를 움켜쥐고, 진료실 문을 열면, 꽃을 들고 서 있는 고기 하나가,

녹은 사탕

거대한 유리창 하나가
8차선 도로를 점령하고 있다
아스팔트가 깨졌다
경적이 울리고
사람들이 하나 둘 차에서 내린다
한 명이 달라붙어
유리창을 핥기 시작한다
유리는 녹은 사탕으로 얼룩져 있다
창 하나를 사이에 두고
도로의 사람들이 벌 떼처럼 몰려든다
수천 개의 혀가 물들고
정장이 끈적끈적해지고

나는 이 길의 유일한 보행자였다
혀를 내밀고 달려가는
사람들을 향해 서 있다
왼 주먹 속에는
사탕이 하나 들어 있다
유리창을 부수지 않아도 돼
사탕을 깨물어 먹지 않아도 되듯이
하수구 옆에서

개미가 알을 낳고 있다
유리가 더 이상 보이지 않을 만큼
창은 사람으로 뒤덮여 있다
손은 녹고 사탕이 들썩거린다
주먹이 부화할 것 같다

체온과 미래

해변에서는 숨이 가쁘다

친구들이 잠수하고
친구들은 사라지고

친구들의 이마만 남아
이마에서 찰랑거리는 물결

백사장에 앉아 그린다

물속의 팔
빗장뼈
굴절된 문신

네가 입은 하와이안 셔츠를 아직 그려 넣지 못했다
수면 위에 한 번만 누워주겠니

보여주겠니
젖은 야자수들이 배에 달라붙는 순간을

동전을 넣지 않은 게임기처럼
검은 두더지처럼

아무도 튀어 오르지 않는다

그림이 찢어지기 전에
물 밖으로 나와줄 수 있어?

종이와 파도가 동시에 뒤척인다
바람 때문에 너희가 잘 안 보여

햇빛은 여러 개의 이마 위에 머물고

나는 펜을 들고 서 있다
고개를 한쪽으로 기울인 채

반대편 관자놀이를 툭툭 치면
귀 밖으로 흘러나오는 따뜻한 물

라고스

휴가와 장마가 동시에 시작되었다

몸이 흠뻑 젖은 채 들어간 상점마다 발자국을 남기고 돌아왔다

동행과 손을 잡고 걸었다 그의 손은 매일 야위어가는 것 같았다

그러나 그는 기분 탓이라고 했다

바다와 인접한 도시였다 구름이 쉽게 몰려왔다 다시 밀려나가는 곳이었다 하루에도 수십 번씩

백사장에 누워 서울에 두고 온 것들을 떠올렸다 나의 날카로운 손톱깎이, 모국어로 된 간판들, 늙어가는 햄스터 그리고

신발 밑창에는 아직 서울의 아스팔트가 끼어 있었지만

손톱 아래 흰 모래가 자꾸 걸리적거렸다

동행이 빗속에서 손 흔드는 모습을 보았다고 생각했는데

어느덧 나는 장마가 끝난 포르투갈의 햇빛으로 까맣게 타들어가고 있었다

그와 이어폰을 나누어 끼고 걸었다 동행은 서울에 우리가 살던 집이 아직 그대로냐고 물었다

나는 그것을 알 수 있는 방법은 이제 없다고 했다

가도 가도 식당이 있었다 먹을 것이 넘쳐났다 이곳은 풍요로웠지만 파도는 검고 자주 바닥을 드러냈으며

백사장에 발을 밀어 넣으면 발가락 사이에 오래된 쓰레기가 걸려 나왔다

어느 날 나는 동행의 손을 잡고 기차역까지 뛰었다 마지막

열차가 이미 떠난 뒤였다

여기 있어 음료수를 사올게

한 손에 검은 비닐봉지를 들고 돌아왔을 때

그가 앉은 벤치가 보이지 않았다

구터

지루해지면 문신을 받으러 간다
비가 오래 오지 않거나, 집 앞 공사가 끝나지 않을 때
읽던 책의 주인공은 첫 페이지에서 여행을 떠났는데
삼백 페이지가 넘도록 돌아갈 생각을 하지 않는다
그의 집에서 그를 기다리는 기분으로
드릴이 콘크리트를 뚫고 들어가는 소리를 듣는다
대낮에도 붕괴와 파열이 지속되고 있다
대낮에도 바늘로 피부 아래에 잉크를 밀어 넣는다
저번에는 문신을 받고 운동을 하는 바람에
오른팔 위 닻의 윤곽이 조금 일그러졌다
몇 시간이 걸리므로
문신을 받는 동안에는 누워 있는다
누워서 창밖을 보거나 벽에 붙은 도안들을 구경한다
뼈 근처로 바늘이 지나가면 통증이 심해진다
살 속에 내리는 비처럼 폭풍우처럼
척추 근처에 새겨진 눈이 큰 심해어
그의 지느러미는 조금 일그러져 있다
너무 아파서 잠시 쉬었다 하자고 했기 때문이다
심해어에게 구터라는 이름을 지어주었지만
죽을 때까지 그의 눈을 볼 수는 없을 것이다
몇 시간이 지났지만 여전히 대낮인
거리를 지난다 정어리 떼처럼

인파는 거대한 형상이 되어 몰려다닌다
내 등에도 물고기가 있다는 사실을 기억한다
컵이 엎질러진 것을 모르고 외출을 했다

달은 달걀들의 서식지이다

어젯밤부터 가슴 통증이 멈추지 않는다 갈비뼈 위치가 뒤바꿔는 기분이다 휴가를 냈지만 휴가는 아무런 위로도 되지 않는다

며칠 전에 사랑을 끝냈고, 가족과 저녁 식사를 했고 아무런 문제도 없다 여행 다녀온 짐을 아직 풀지 못했을 뿐이다 면세점에서 산 향수도 잘 뿌렸고 어제는 천변을 달렸다

따뜻한 나라에 다녀오는 바람에 폐 속이 온통 뜨거워졌기 때문일까

가슴이 아프면 갑자기 죽을 수도 있습니다 하지만 나는 젊고 지난주에 생일이었다 너무 많은 축하를 받은 탓인가? 초를 한 번에 끄지 못한 탓인가?

통증은 가슴 속에 태어난 병아리처럼 있다 죽은 닭이 여기저기서 팔리고 있기 때문일까

카레는 위로가 되지 않지만 그래도 카레를 먹어야지 찬장에서 레토르트 카레를 꺼내고 나의 양손도 몸에서 꺼내고

카레는 카레의 바깥으로 자꾸 섞이고 카레의 안은 보이지 않는다 한 손에 주걱을, 한 손에 왼쪽 가슴을 쥔다 채소가 뭉개지

고 냄비 안쪽이 노랗게 물들고

음악을 튼다 흰 밥 위에 붓는다 밥알 사이사이로 느리게 흘러내리는 카레

숟가락을 꽂으면
오목하게 비친 얼굴 위로 카레가 묻고

삐악거리며

통증이 어깨 밑에서 돌아다닌다 입을 벌리면 통증의 작은 발자국 방문 너머로 사라지고

나는 잠시 먹지 않고

그러니까 병원에 가라고! 침대 위에 던져둔 휴대폰 속에서 누군가 소리 지른다

☾ 클라리시 리스펙토르.

위증

나는 대체로 교실 뒷자리에 엎드려 자거나 창밖을 보는 학생이었다. 교복은 미역처럼 다리에 엉겨 붙었고 오후 두 시에는 커튼을 치지 않으면 견딜 수 없을 만큼 해가 짙었다. 하지만 때때로 나는 눈을 가늘게 뜨고 운동장 위에 떠 있는 태양을 마주 보았다. 칠판에 분필 부딪치는 소리가 빛을 조금씩 끊어내고 있었다. 얼굴이 노랗게 번져 가는 동안 문법과 공식은 교실에 들어온 벌처럼 사방으로 날아다녔다. 전날에는 키우던 병아리가 죽었다. 휴대폰이 들어 있던 종이 상자가 관으로 안성맞춤이었다. 활활 타는 불 속에 상자를 밀어 넣으며 궁금해졌다. 처음으로 손을 들었다. 불은 고체인가요 액체인가요 기체인가요? 선생님은 고개를 갸웃거렸다. 불은 현상이에요. 현상이구나. 불은. 나는 손을 내렸다. 칠판은 그 자리에 있었다. 태양도 마찬가지였다. 상자가 다 타고 난 뒤에도 불은 꺼지지 않았다.

클라이맥스

비둘기가 평화를 찢고 날아갔다. 노을은 스노우볼 속 풍경처럼 눈동자 안에 갇혀 바깥으로 흐르지 않았다. 손등으로 건반을 쓸어내렸지만 음악은 물이 반쯤 찬 컵에 고여 흔들리고 있었다. 누군가 식탁을 치고 갔다고 생각했는데 들락날락 하는 것은 입 속의 오래된 혀뿐이었다. 조용히 저녁을 준비한다. 물기 어린 도마가 얼굴을 비추는 동안 나는 칼을 든다. 표정 대신 양파가 썰리고 있다. 부엌 창밖으로 하얗게 쪼개지는 저녁의 구름을 본다. 기름을 프라이팬에 붓는다. 양파는 그 속에 갇혀 있지 않고 사방으로 튀어 오른다. 나는 잠시 주춤거린다. 접시에 양파를 담고 식탁보를 깔고. 식탁 위에 흰 수건이 놓여 있다. 무릎에 수건을 얹고 양파를 베어 먹는다.

실낙원

나는 너를 부른다. 너는 이미 사라지고 없다. 나는 너를 부른다. 너는 오랫동안 발생한다. 너는 윤곽만 남아 윤곽을 제외한 모든 것으로 있다. 너의 윤곽이 너를 죽음으로 몰아가지만 너는 끝없이 재생된다.

나는 필담으로 너를 부른다. 나의 방에서 너의 이름이 닫힌다. 바닥에 너의 윤곽이 쓰러져 있다. 나는 쓰러지지 않지만 뒤늦게 쓰러질 듯이 부른다. 나는 세상의 모든 기도가 말로 이루어져 있다는 사실을 이해하지 못한다. 너의 윤곽이 가쁜 숨을 몰아쉰다. 기도를 하면 구원의 고막이 찢어진다. 그래도 기도를 해야지, 너를 살려달라는 말을 너를 살려달라는 말로 해야 한다는 사실이 나의 목을 아프게 한다. 너는 상태가 좋지 않은 영상처럼 깜빡거린다. 너의 윤곽 안에 네가 가득했다는 기억은 아직 있다.

나는 더 이상 이름을 적지 않는다. 너의 귓바퀴가 선명해진다. 너를 부르지 않을 때 너는 어디에나 있지만 너를 부를 때 귓속에서 어둠이 빠져나온다. 너의 곁에 어둠이 쓰러진다. 나는 죽지 않고 방에 앉아 너를 부른다. 창틀에 앉아 너를 본다. 아침에는 아침 기도를 저녁에는 저녁 기도를 한다.

나는 너를 부른다. 나의 부름이 너를 드물게 한다. 나는 너를 부른다. 너는 빠르게 늙고 느리게 다시 태어난다. 나는 너를 부른다. 욕조에 물이 넘치고 있다. 나는 너를 부른다. 너는 침수되지 않고 기도가 침수된다. 물은 얕고 너의 윤곽 속으로 기도가 대피하려 한다. 나는 너를 부른다. 너는 내가 침수되고 있다는 사실을 알지 못한다.

나는 너를 부른다. 방은 고요하다.

훼손 주의

역이 없다면 기차가 연착되지 않을 텐데
말하자 서울역이 지어진다

서울역은 우리들의 마음속에
에스컬레이터 한 칸 위에 네가 서 있다

사랑이 영원히 노숙 중인 곳

사랑은 연착되고
사랑은 깨끗한 화장실
안내 방송 없고

기차에는 자리가 많다
하나의 인간에게 하나의 몸 그리고

자판기에는 콜라
콜라 옆에 밀키스
밀키스 옆에 네가 있어서

천 원을 넣으면 너는 삼백 원을 돌려주며
튀어나온다

제 시간에 왔네
나는 너를 마시려고 했는데 왜 여기 서 있어
흔들어지지도 않고

피부가 차갑지만 캔은 아닌

너와 얼떨결에 함께 기차에 타는
서울역에서
우리들의 마음속
부산역으로

너의 발바닥에 가라앉는 포도 알갱이들

기차는 모든 역에서 연착되고
의자가 딱딱하고
사랑은 서울역에 잠들어 있나 봐

열차에 승객이 없다
우리가 크게 말할 수 있다

잠시만, 너는 에스컬레이터에 있다가
어떻게 자판기 속에서

지금은 부산역으로 가고 있는 거지?

네가 박장대소 한다
터널 속에서
너는 쏟아질락 말락 한다

귓속말로 하자면

방법은 기차표에 잘 써 있어
가는 동안 읽어봐

부록

비주류 천사들

—2015~2020

☾

불타는 거랑 녹스는 건 사실 같은 화학 반응이야. 속도의 차이가 있을 뿐이야.

S의 설명을 듣고 잠시 숨을 멈췄다. 그 말을 듣자마자 떠오른, 불타는 숲의 입구에 세워진 녹슨 자전거의 형상이 한동안 머릿속을 떠나지 않았다.

☾

하나의 신화를 읽듯 도시를 본다. 바람이 불면 들판의 풀들이 한 방향으로 눕듯이 그러나 각기 다른 기울기를 가지듯이 사람들이 같은 방식으로 변화하며 개별적으로 기립하는 모습을 본다.

☾

나는 방 한가운데 앉아 아프리카의 바다로 향한다. 한 번 가본 적 있고 다시 갈 수 없는 곳, 백사장 대신 검은 모래가 관광객 대신 응고된 발자국이 도처에 널려 있던 곳, 하늘을 가득 메운 구름의 틈으로 쏟아지는 직선의 빛과 여기저기 걸려 있던 무지개들.

누군가 방 안을 들여다본다면 해변의 모래 위에 내가 앉아 있을 것이다.

지금은 사냥철이야, 다들 죽은 동물과 함께 온 거야.

W가 휴게소에 주차된 낡은 트럭 서너 대를 가리킨다. 운전석에서 가죽옷을 입은 사람들이 졸고 있다.

보고 싶어? 그는 장난스럽게 웃으며 차에서 내린다. 창문을 두드려 운전수를 깨운다.

둘은 이 나라 말로 짧게 대화를 나눈다. W가 내게 손짓한다.

사슴, 원숭이, 멧돼지, 어린 새가 있대.

W는 그것들을 보여줄 수 있냐고 묻는 것 같다. 운전수가 흔쾌히 고개를 끄덕인다. 트렁크 문이 천천히 열린다.

트렁크를 뒤지던 그는 W에게 말한다. 사슴은 꺼내기에 너무 크고, 멧돼지는 아이스박스 안에 조각나 있고, 어린 새는 잃어버린 것 같다고. W는 내게 통역을 해준다.

가죽옷을 입은 사람들이 다가온다. 당신들의 트렁크에는 무엇이 있나요? W가 묻자 그들은 마구 웃는다.

이 친구가 외국인이라서요, 한국에서 여행을 왔어요, 그런 설명을 하는 것 같다. 그러나 그 말은 내게 전하지 않는다.

예쁘지? 죽은 동물은.

W는 어느새 양손 가득 죽은 원숭이를 들고 있다. 그는 어서 카메라를 가져오라고 재촉한다. 이렇게 예쁜 것은 남기지 않을 수 없다고.

˘

고기라니, 너무 이상한 말이다.

식재료가 되기 이전과 이후의 이름을 굳이 다르게 부르는 경우가 있던가. 양파는 팔리기 전에도 양파라 불리고 땅속에서도 감자는 감자이며 바닷속에서도 미역은 미역이다. 그러나 돼지나 소나 닭은 식재료가 되고 나면 이름 뒤에 고기라는 말이 붙는다. 어법의 일관성을 따르자면 소고기처럼 양파도 양파채소라고 불리거나 버섯도 버섯채소라고 불리는 편이 맞다. 고기는 죽은 동물의 살점이 다듬어진 상태를 의미하는가. 그러나 돼지 통구이 역시 돼지고기라고 불린다. 다진 양파에 '다진'이라는 관형어가 붙듯 손질 방법을 드러내기 위해서였다면 소나 돼지에도 다른 말이 접합되었어야 할 것이다.

"돼지를 먹는다"보다 "돼지고기를 먹는다"가 더 고급 문장으로 취급되는 이유는 그 말이 당장의 식사가 실제로 살아 있던 동물의 사체를 먹는 야만적 행위와 완전히 일치한다는 사실을, 그

로부터 비롯되는 근원적인 양심의 가책을 지우기 때문이다. "고기를 먹는다"는 문장 속에는 오로지 먹기 위해 동물을 탄생시키고 고통 속에 살게 하다 죽인 뒤 가공하는 과정 모두가 은폐되어 있다. 고기라는 단어 자체가 도축의 현장으로부터 인간의 눈을 가리고 동물의 피 냄새로부터 인간의 코를 막기 위해 존재하는 말이라는 것. 고기에는 동물이 부재한다.

☾

나무에서 자라는 버섯은 목이버섯
돌에서 자라는 버섯은 석이버섯

☾

'아스팔트 위에서 살아 있는 지렁이를 만난다면 나무젓가락 등으로 집어서 화단에 넣어주세요. 맨손으로 집으면 지렁이가 화상을 입을 수 있습니다.'

☾

펑크와 드랙신에서 주로 활동한 사진가의 젊은 시절 작품을 우리는 함께 보고 있었다.

전시는 지하부터 삼 층까지 계속되었고 관객은 많지 않았다. 외벽이 타일로 장식된 건물의 내부에 말끔하게 칠해진 흰 벽을 따라 걸었다.

생전에 작가와 절친했던 후원자가 에이즈로 사망하기 전, 병상에서 그의 파트너와 입 맞추는 모습을 촬영한 사진과 가느다란 그의 팔이 등장한 사진이 나란히 걸려 있었다.

칡 같네. N이 말했다.

나무뿌리 같네. 우리 할아버지도 그랬는데. 내가 말했다.

☾

꿈에 신이 나왔다. 전래동화 속 산신령의 모습을 하고 있었고 꿈에서도 이상하다고 생각했다. 신은 내가 벌을 받아야 한다고 말했다.

사랑에 빠진 얼굴은 산삼처럼 귀한 것인데 너무 많은 얼굴을 보아버렸다고…… 이제 그 값을 치러야 한다고……

순간 환한 얼굴들이 눈앞을 스쳐 지나갔고 정신을 차려보니 목이 잘린 채 바닥에 나뒹굴고 있었다.

☾

너에게 줄 장미를 샀다. 나는 장미를 들고 있을 뿐 장미가 지하철을 타고 너에게 간다. 네가 있는 쪽으로 고개를 내밀고 있다.

장미는 아직 피지 않은 봉오리이다. 장미는 꽃이 되어가고 있다. 나는 장미를 흘긋거리는 시선들에는 관심이 없다. 그저 장미 봉오리가 꽃이 되는 과정을 함께하는 반려자처럼 있다.

장미는 촛불 같다. 문이 열릴 때마다 꽃을 당겨 안는다. 불씨가 어깨에서 흔들리는 기분이다. 오늘 한 끼도 먹지 않았다. 이 두 통을 향기 탓으로 돌릴 것인가 공복 탓으로 돌릴 것인가.

장미가 네 방 어디에 놓이게 될지 나는 모른다. 서서히 피어가는 장미 한 송이 때문에 방은 생체 실험실처럼 보일지도 모른다.

장미의 줄기처럼 선로는 이어지고 장미를 스쳐가는 승객들처럼 풍경은 뒤에 있다.

앞에 있는 것은 몇 개의 역을 지나 출구 근처에 서 있을 너뿐이다.

☾

광장에서 배드민턴을 쳤다. 배드민턴을 치는 사람이 많았다. 동상의 한쪽 면이 햇빛으로 달구어지는 중이었다.

셔틀콕이 바닥에 떨어졌다. 서늘한 쪽 동상을 올려다보며 D에게 물었다. 몇 년도 작품인가요? 동상은 영원히 이곳에 있었습니다. 아뇨, 그게 아니라, 되물으려 하자 D는 이미 배를 잡고 웃고 있었다. 그러니까 내가 태어나기도 전에 있었다는 거죠? D가 눈물을 닦으며 답했다. 당신이 태어나기 전에 모든 것이 있었어요.

☾

여름에는 친구들이 테라스로 몰려들었다. 흰 테이블 위에 투명한 재떨이가 놓여 있었다. 유리는 그림자도 자신을 통과하도록 내버려두었다.

절반 정도 햇빛이 들고 절반 정도 그늘이 지는 테이블 위에서, 몇 개의 팔이 겹쳐져 가끔씩 격자무늬를 이루었다.

☾

우리는 여기저기서 일어나는 죽음들을 모른 척하고 사람 없는 곳을 찾아 돌아다녔다. 어두운 곳과 밝은 곳, 네가 아는 곳과 내가 아는 곳, 문 닫은 학교 운동장에 앉아 있거나 인적 드문 한강을 오래도록 걷거나 했다. 나에게 있었던 일들과 너에게 있었던 일들이 아무것도 아니었던 것처럼, 한순간도 심각해지지 않는

많은 이야기들을 했다. 칠 년 만에 만났지만 처음 만난 것처럼 혹은 칠 년 동안 함께였던 것처럼 시간을 보내는 동안, 그러니까 우리가 계속해서 현재에 있는 동안 많은 것들이 과거가 되었다. 모두가 피부를 스치며 나의 뒤로 갔다. 시도 잊고 죽음도 잊으면서 갔다.

☾

오래전 바퀴에 난 상처 때문에 자전거는 어느 날 쓰러진다. 자전거 없이 상처는 발생할 수 없다. 정신은 물질성이 있는 형태로 누적되는 것이 아니라 늘어나는 허공이다. 조각의 누적이 아니라 구멍의 누적이다. 그러므로 종국에 폭발하는 것이 아니라 허물어지는 것이다…….

☾

종이와 연필이 닿는다. 나는 깜짝 놀란다.

☾

언어를 믿지 않고 시를 믿지 않으면서 계속 쓴다는 것.
그건 세계의 구성을 믿지 않는다는 말과 같아.

계단 아래로 굴러 떨어지는 유모차를 보고 있다.
그 안에 아기가 있을지 생각하면서.

아침달 시집 16

나이트 사커

1판 1쇄 펴냄 2020년 10월 15일
1판 5쇄 펴냄 2023년 12월 1일

지은이 김선오
큐레이터 김소연, 김언, 유계영
편집 송승언, 서윤후
디자인 정유경, 한유미

펴낸곳 아침달
펴낸이 손문경
출판등록 제2013-000289호
주소 03980 서울시 마포구 성미산로 153-16, 2층
전화 02-3446-5238
팩스 02-3446-5208
전자우편 achimdalbooks@gmail.com

ISBN 979-11-89467-20-3 03810

값 12,000원

이 도서의 국립중앙도서관 출판예정도서목록(CIP)은
서지정보유통지원시스템 홈페이지(http://seoji.nl.go.kr)와
국가자료종합목록시스템(http://www.nl.go.kr/kolisnet)에서 이용하실 수 있습니다.
(CIP제어번호 : CIP2020040644)

아침달